Herausgeber: Norbert Hethke Verlag
Postfach 1170
6917 Schönau
Tel.: 06228 / 1063

Erscheinungsweise: Dreimonatlich

ISBN 3-89207-528-X

NICK STRONGHYLE II
VERTIERT!
DIE WELTRAUMPIONIERE NICK, TOM UND XUTL SIND MIT DER TIERFÄNGERIN JANE LEE AUF DEN PLANETEN TETRA VII GEFLOGEN. JANE LEE HAT IHRE AUFGABE ERFÜLLT, EIN SELTENES TIER - EINEN BROMMLER - EINZUFANGEN, UND IST MIT XUTL AUF DIE ERDE ZURÜCKGEKEHRT.
XUTL SOLL GEMEINSAM MIT PROFESSOR RASKIN DAS RÄTSEL EINER RIESIGEN STEINERNEN SPHINX LÖSEN, DIE TETRA VII UMKREIST.
INZWISCHEN WURDEN NICK UND TOM VON EINEM ROBOTER IN DIE WELTRAUM-SPHINX ENTFÜHRT, DIE SICH ALS RIESIGES RAUMSCHIFF HERAUSSTELLT. EIN DSCHUNGEL DURCHWUCHERT DAS INNERE DES RAUMSCHIFFS, IN DEM AFFENMENSCHEN UND SAURIER LEBEN. TROTZ VIELER GEFAHREN DRINGEN DIE FREUNDE IN DAS TECHNISCHE ZENTRUM DES RAUMSCHIFFS EIN. DURCH EINE DOKUMENTATION ÜBER DAS „PROJEKT RAUMSCHIFF-SPHINX" ERFAHREN SIE, DASS DAS RAUMSCHIFF VOR EINIGEN TAUSEND JAHREN SEINE REISE DURCH DAS ALL VON DER ERDE AUS BEGANN. IHR STAUNEN VERWANDELT SICH IN ENTSETZEN, ALS SIE ERKENNEN, DASS DIE AFFENMENSCHEN DIE URSPRÜNGLICHEN WELTRAUMFAHRER SIND.
EIN „LEBENSSTRAHL" HAT SIE UNSTERBLICH GEMACHT, ABER SEINE NEBENWIRKUNG VERURSACHTE DEN RÜCKFALL IN EIN PRIMITIVES ENTWICKLUNGSSTADIUM.
ZUR GLEICHEN ZEIT STARTEN XUTL UND PROFESSOR RASKIN ZUM FLUG NACH TETRA VII.
HOFFENTLICH HATTEN SIE UND IHRE FREUNDE NICK UND TOM KEINEN ANFALL VON WELTRAUMKOLLER, UND DIE SPHINX WAR NUR EINE HALLUZINATION, XUTL.

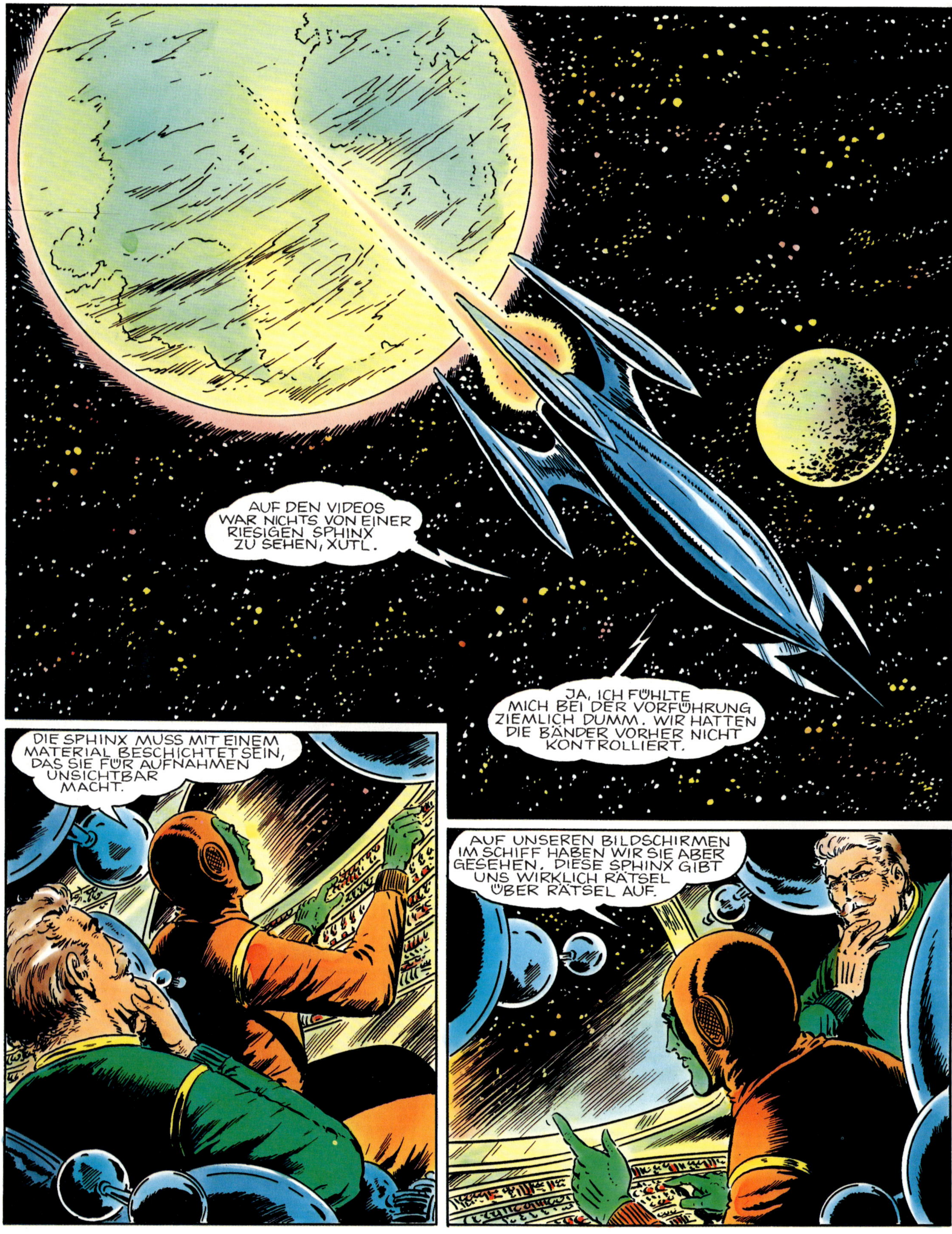
AUF DEN VIDEOS WAR NICHTS VON EINER RIESIGEN SPHINX ZU SEHEN, XUTL.
JA, ICH FÜHLTE MICH BEI DER VORFÜHRUNG ZIEMLICH DUMM. WIR HATTEN DIE BÄNDER VORHER NICHT KONTROLLIERT.
DIE SPHINX MUSS MIT EINEM MATERIAL BESCHICHTET SEIN, DAS SIE FÜR AUFNAHMEN UNSICHTBAR MACHT.
AUF UNSEREN BILDSCHIRMEN IM SCHIFF HABEN WIR SIE ABER GESEHEN. DIESE SPHINX GIBT UNS WIRKLICH RÄTSEL ÜBER RÄTSEL AUF.

WENN DAS DAS GRÖSSTE RÄTSEL SEIN SOLLTE, XUTL, DANN WÄRE SCHON ALLES GEWONNEN.
WIE?
NUN... VIELE VERSCHIEDENE STRAHLEN SIND GEEIGNET, VIDEOMATERIAL ZU VERFÄLSCHEN.
SIE HABEN RECHT, PROFESSOR RASKIN.
EINE RIESIGE STEINERNE SPHINX, DIE STRAHLEN AUSSENDET, DIE VON EINEM ENERGIESCHIRM GESCHÜTZT IST, UND VON DER AUS KOMPLIZIERTE ROBOTER STARTEN, UND DANN NOCH EIN PITHECANTHROPUS... DAS IST SCHWER ZU VERDAUEN.
WIE HAT DAS EIGENTLICH DER CHEF DER WELTRAUMBEHÖRDE, MR. MARSH AUFGENOMMEN?
GUT, DASS SIE MICH GEBETEN HABEN, IHM DIESES PROJEKT ZU UNTERBREITEN, XUTL.
ERST ALS ICH DROHTE, MEINE ARBEIT AM STERNENSCHIFF AUFZUGEBEN, BEWILLIGTE ER DIE MITTEL FÜR DIESE EXPEDITION.

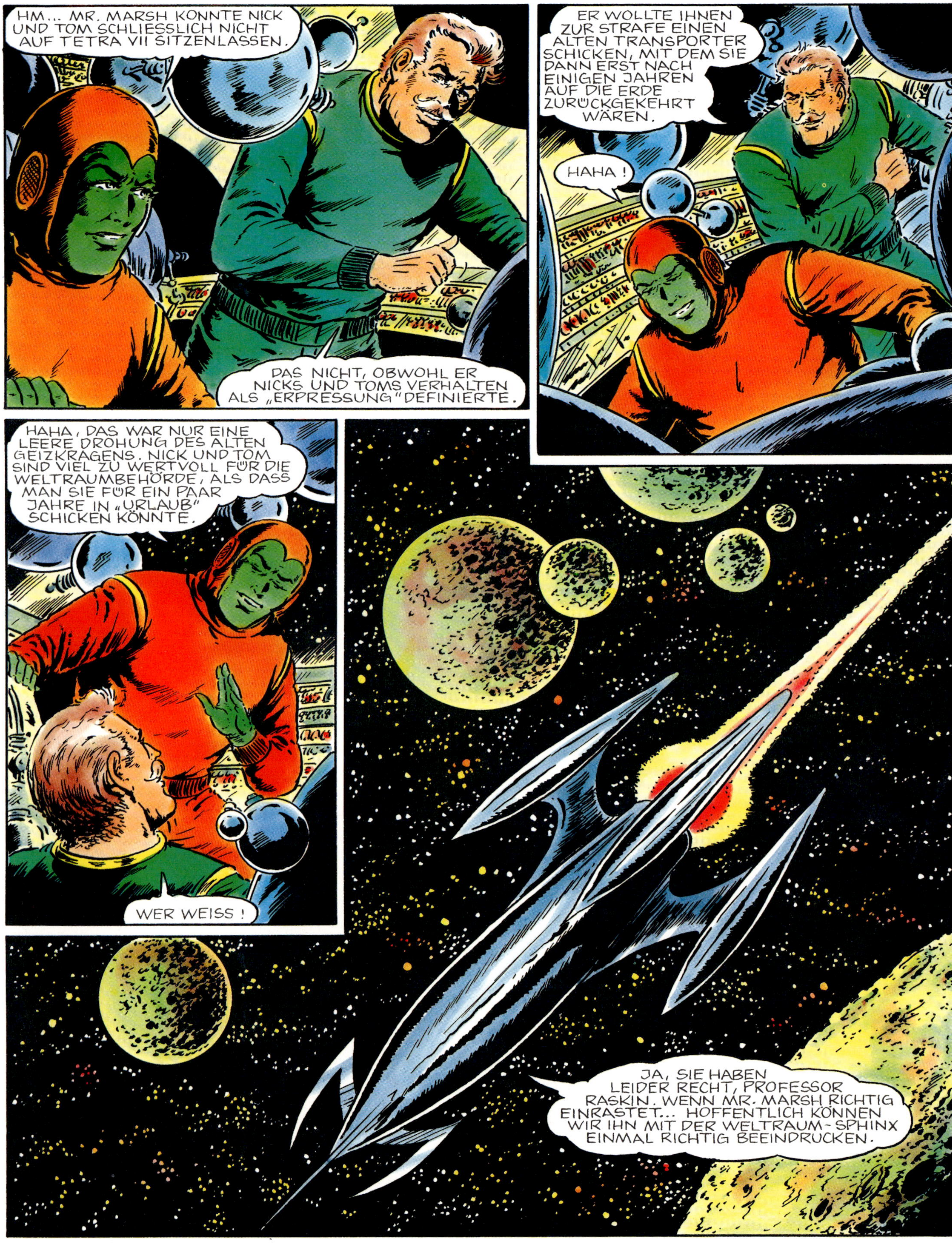
HM... MR. MARSH KONNTE NICK UND TOM SCHLIESSLICH NICHT AUF TETRA VII SITZENLASSEN.
DAS NICHT, OBWOHL ER NICKS UND TOMS VERHALTEN ALS „ERPRESSUNG" DEFINIERTE.
ER WOLLTE IHNEN ZUR STRAFE EINEN ALTEN TRANSPORTER SCHICKEN, MIT DEM SIE DANN ERST NACH EINIGEN JAHREN AUF DIE ERDE ZURÜCKGEKEHRT WÄREN.
HAHA !
HAHA, DAS WAR NUR EINE LEERE DROHUNG DES ALTEN GEIZKRAGENS. NICK UND TOM SIND VIEL ZU WERTVOLL FÜR DIE WELTRAUMBEHÖRDE, ALS DASS MAN SIE FÜR EIN PAAR JAHRE IN „URLAUB" SCHICKEN KÖNNTE.
WER WEISS !
JA, SIE HABEN LEIDER RECHT, PROFESSOR RASKIN. WENN MR. MARSH RICHTIG EINRASTET... HOFFENTLICH KÖNNEN WIR IHN MIT DER WELTRAUM-SPHINX EINMAL RICHTIG BEEINDRUCKEN.

ZUR GLEICHEN ZEIT BEMÜHEN SICH JANE LEE UND SPEZIALISTEN DES WELTRAUMZOOS UM DAS BRÖMMLERWEIBCHEN BIBI, DAS, VON EINEM AUFDRINGLICHEN REPORTER ERSCHRECKT, OHNMÄCHTIG GEWORDEN IST.
OINK, OINK!
BIBIS HERZ SCHLÄGT ZUM GLÜCK WIEDER REGELMÄSSIG, MISS LEE.
BEMÜHEN SIE SICH WEITER UM BIBI, DOKTOR!
ICH KÜMMERE MICH UM DEN NEUEN BRÖMMLER.
SEI KEIN FROSCH, BROMMI! DREH' DICH UM! NIEMAND TUT DIR ETWAS.

BIBI KOMMT ZU SICH, MISS LEE.
GOTTSEIDANK!
ES WÄRE VIELLEICHT BESSER, WENN WIR UNS ZURÜCKZIEHEN, MISS LEE.
SIE HABEN RECHT, DOKTOR. LASSEN WIR DIE BEIDEN BROMMLER ALLEIN.
HALTEN SIE SICH ABER MIT DEN ABWEHRSTANGEN BEREIT, FALLS DER NEUE BROMMLER AGGRESSIV AUF BIBI REAGIERT.
WIR SIND AUF ALLES VORBEREITET, MISS LEE.

OINK, OINK!
OOO...OINK?
OIIIOINK!
GAG!
BIBI VERSTECKT SICH WIEDER.
GEDULDIG WARTEN JANE LEE UND IHRE KOLLEGEN, ABER ALLE LOCKRUFE DES BROMMLERMÄNNCHENS BEWEGEN BIBI NICHT, IHR VERSTECK ZU VERLASSEN.
OINKOOINKOINK!
ES HAT KEINEN SINN! BIBI LEHNT DEN NEUEN BROMMLER AB!

ICH FÜRCHTE, MISS LEE, DAS PROJEKT IST GESCHEITERT. BIBI WIRD STERBEN, BEVOR SIE IHRE JUNGEN BEKOMMT.
SOLL DENN ALLE MÜHE VERGEBLICH GEWESEN SEIN ?
DER ENTNERVENDE PAPIERKRIEG ... DER FLUG NACH TETRA VII ... DER ÄRGER MIT NICK... XUTLS UND TOMS GLEICHGÜLTIGKEIT...
TOM!!! DAS IST ES !
WIE BITTE, MISS LEE ? TOM BRUCKS IST DOCH NOCH AUF TETRA VII. WIE KÖNNTE ER...?
MISS LEE! WOHIN...
OH!
TOM UND SEIN PILZ !
KURZ DARAUF KEHRT JANE LEE ZURÜCK.
TOM HAT AUF TETRA VII EINEN BISHER UNBEKANNTEN PILZ ENTDECKT. BRÖMMLER SIND GANZ VERRÜCKT DANACH.

EIN WIRBELWIND IST GAR NICHTS GEGEN MISS LEE.
DER PILZ IST MEINE LETZTE HOFFNUNG.
GNOINGK?
FNURFNUFF!
EIN PILZ FÜR DICH, BROMMI, UND DER ZWEITE IST FÜR BIBI. OH, BIBI HEBT DEN KOPF; SIE HAT DEN PILZ GEWITTERT.
BIBI TRAUT SICH NICHT INS FREIE.
OINKFRUFOINK!

DAS IST JA ... BROMMI FRISST DEN PILZ NICHT, ER TRÄGT IHN ZU BIBI !
OINKFNURF ?
FNURFOINK.
BIBI ... BIBI NIMMT DEN PILZ AN !!!

HIER, DER ZWEITE PILZ. DU HAST IHN DIR VERDIENT, BROMMI !
GUGUG ?
FRUNFF.
IST DAS NICHT WIE EIN WUNDER, FREUNDE ? BROMMI TEILT AUCH NOCH DEN ZWEITEN PILZ MIT BIBI.
GESCHAFFT, MISS LEE ! SIE HABEN ES GESCHAFFT !
NOCH NICHT GANZ. BIBIS APATHIE IST ZWAR ÜBERWUNDEN, ABER ERST WENN SIE IHR NORMALES FUTTER WIEDER FRISST, SIND WIR ÜBER DEN BERG.

DA, MISS LEE, SEHEN SIE!
BIBI FRISST WIEDER!
JA! SIE UND DER NEUE BROMMLER FRESSEN AUS **EINEM** GEFÄSS.
DER TIERARZT UNTERSUCHT BIBI NOCH MEHRMALS GRÜNDLICH, UND AM NÄCHSTEN MORGEN...
GRATULIERE, MISS LEE. BIBI IST ZWAR NOCH ETWAS SCHWACH, ABER ES GEHT IHR WIEDER GUT. SIE HAT AUCH DEN NEUEN BROMMLER ALS GEFÄHRTEN ANGENOMMEN.
UND ER... SEHEN SIE NUR, WIE VERNARRT ER IN BIBI IST!

IHR BROMMLER-PROJEKT, MISS LEE, IST DOCH NOCH EIN VOLLER ERFOLG GEWORDEN. WIR KÖNNEN IN RUHE BIBIS NIEDERKUNFT ERWARTEN.
DANKE, DOKTOR. ABER JETZT...

OJE! WOHIN WIEDER SO EILIG, MISS LEE?
OH!
IN UNSERE BIO-ABTEILUNG. WIR MÜSSEN SO SCHNELL WIE MÖGLICH TOMS PILZ WEITERZÜCHTEN, DAMIT WIR DIE BROMMLER BEI LAUNE HALTEN KÖNNEN.

ZUR GLEICHEN ZEIT VERLÄSST DIE RIESIGE STEINERNE SPHINX DIE UMLAUFBAHN UM TETRA VII UND SETZT IHRE IRRFAHRT MIT IHREN UNFREIWILLIGEN PASSAGIEREN NICK UND TOM DURCH DAS UNIVERSUM FORT.
WIR MÜSSEN ... DIESES VERFLUCHTE SCHIFF ... SOFORT VERLASSEN ... ZENTRALE ...
JA ... AN DEN ROBOTERN VORBEI ...

DIE REGRESSIVE NEBENWIRKUNG DER „LEBENSSTRAHLEN" HAT DIE FREUNDE ERFASST. IHRE GEHIRNLEISTUNG LÄSST RASCH UND STETIG NACH.
JA... DIE... ZENTRALE...
ICH WEISS NICHT... WAS EINE ZENTRALE IST...
ICH... ICH HABE ES AUCH VERGESSEN... VERGESSEN...
VERGESSEN... VER...GG...ESSEN... JA, ESSEN!
DIE FREUNDE IRREN ZIELLOS DURCH DEN IM RAUMSCHIFF WUCHERNDEN DSCHUNGEL.
DA! BANANEN... ESSEN...
JA... HUNGER!
BANANEN... GUT.
ALLES IST GUT... MIT ESSEN...
GRAUUR!

GROAURR!
DIE AFFENMENSCHEN!
GROARR!
WIR KEINE FEINDE... FREUNDE!
GROAR!
OH!
DU... SPRICHST WIE SIE...?
MEIN KOPF...
GRAURR!
?
ICH WEISS NICHT, WIE... MIR... GESCHIEHT.
GROARR!
ABER...
GRUARR!
GROOG ?!?

VERBLÜFFT UND VERUNSICHERT WEICHEN DIE AFFENMENSCHEN ZURÜCK. NUR DER GRÖSSTE BLEIBT DROHEND STEHEN.
WIR... FREUNDE! WIR WOLLEN ZU EUCH GEHÖREN.
GROOUR!
NEIN, NEIN! FREMDE! TÖTEN! ICH... HÄUPTLING... ICH TÖTE!
WIR KÄMPFEN. WENN DU SIEGST... IHR... DAZUGEHÖREN.
GROU!
ICH KÄMPFE!
GROARR!

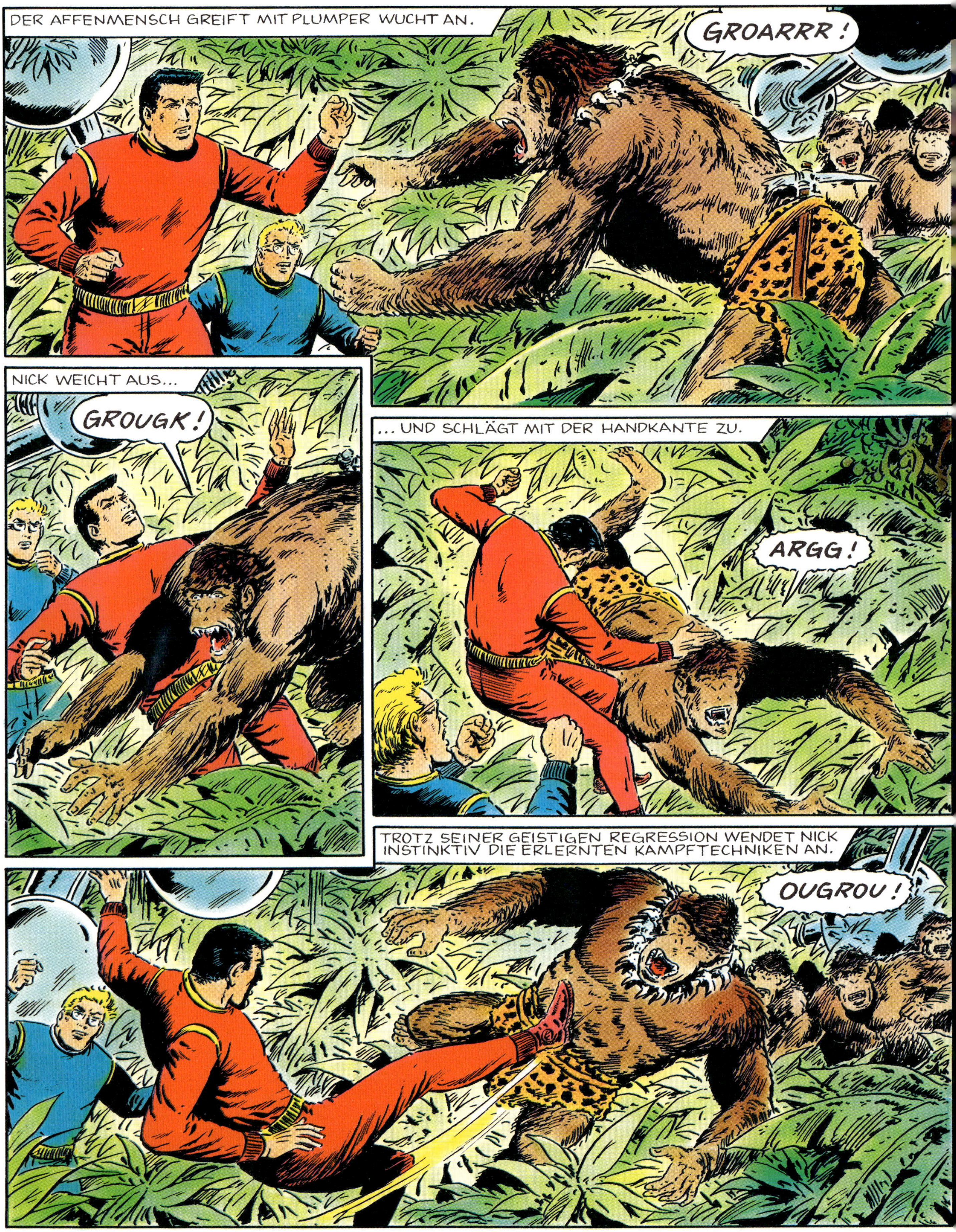
DER AFFENMENSCH GREIFT MIT PLUMPER WUCHT AN.
GROARRR!
NICK WEICHT AUS...
GROUGK!
... UND SCHLÄGT MIT DER HANDKANTE ZU.
ARGG!
TROTZ SEINER GEISTIGEN REGRESSION WENDET NICK INSTINKTIV DIE ERLERNTEN KAMPFTECHNIKEN AN.
OUGROU!

GRAORG!
AH!
GRUCK!
OORRG!
TOM WILL NICK HELFEN, ABER DIE AFFENMENSCHEN HINDERN IHN DARAN.
ORRGG!
AH!

UUUG!
HILFE!
GROAK!
TOM!
GROARR!
GROAURRAAG!
GNNN!

WÄHREND NICK UND TOM DURCH DIE „LEBENSSTRAHLEN“ ZU TIERMENSCHEN DEGENERIEREN UND UM DAS NACKTE ÜBERLEBEN KÄMPFEN, NÄHERT SICH XUTLS UND PROFESSOR RASKINS RAUMSCHIFF DEM PLANETEN TETRA VII.
KEIN BILD UND KEINERLEI RADARORTUNG VON DER RIESIGEN STEINERNEN SPHINX, XUTL.
DAS IST DOCH... SIE MÜSSTE AUF IHRER UMLAUFBAHN VON HIER AUS BEREITS DEUTLICH ZU SEHEN SEIN!

PRÜFEN SIE SELBST NACH, PROFESSOR! DIES SIND DIE ERRECHNETEN DATEN DER UMLAUFBAHN DER STEINERNEN SPHINX.
SIE KÖNNEN NICHT STIMMEN, XUTL. DENN ZU DIESEM ZEITPUNKT MÜSSTE DIE SPHINX AUF IHRER UMLAUFBAHN VOR DEM PLANETEN VORBEIZIEHEN.
DIE DATEN SIND EXAKT. ABER DIE SPHINX IST VERSCHWUNDEN.
XUTL!
ICH MEINE NATÜRLICH ... SIE IST FORT... DAVONGEDÜST!
IN IHREM BERICHT STEHT NICHTS DAVON, DASS DIE SPHINX ÜBER EINEN ANTRIEB VERFÜGT.
DAS BEDEUTET ALLERDINGS NICHT, DASS SIE TATSÄCHLICH ANTRIEBSLOS IST. - HABEN WIR SCHON FUNKKONTAKT MIT NICK UND TOM?
NEIN, NOCH NICHT.
ICH SONDIERE DEN WELTRAUM UM TETRA VII NACH DER SPHINX UND STEIGERE DIE REICHWEITE.
GUT!

NACH INTENSIVER SUCHE...
UNSERE INSTRUMENTE FINDEN KEINE SPUR DER SPHINX...
HE!
WAS IST, XUTL?
DER PEILSTRAHL VON NICKS SENDER!
WIR „KOPPELN" UNS AN.
GUT, UND DANN LANDEN WIR. NICK UND TOM ERWARTEN UNS SICHER SCHON UNGEDULDIG AUF TETRA VII. EIGENARTIG, DASS WIR KEINE FUNKVERBINDUNG MIT IHNEN BEKOMMEN.
DA, PROFESSOR RASKIN! ICH HABE DIE SPHINX ANGEPEILT.
ICH SEHE ES. ENDLICH EIN BEWEIS FÜR DIE EXISTENZ DES PHÄNOMENS.
DIE STEINERNE SPHINX ENTFERNT SICH MIT RELATIV GROSSER GESCHWINDIGKEIT.
DAMIT IST **EIN** FAKTOR GEKLÄRT: DIE SPHINX HAT EINEN EIGENEN ANTRIEB. NACH DER GESCHWINDIGKEIT ZU URTEILEN, ENTSPRICHT ER UNSEREM ALTEN R3-ANTRIEB.

KEIN PROBLEM, MIT UNSEREM SCHIFF DIE SPHINX EINZUHOLEN.
WIR NEHMEN NICK UND TOM AN BORD, UND DANN SEHEN WIR UNS DIE WELTRAUM-SPHINX NÄHER AN.
WENIG SPÄTER SETZT XUTL DAS RAUMSCHIFF IN DER NÄHE DES PEILSENDERS AUF.
DAS VERSTEHE ICH NICHT. SEIT WIR IM ANFLUG SIND, VERSUCHE ICH NOCH IMMER VERGEBLICH, NICK UND TOM ÜBER FUNK ZU KONTAKTEN, PROFESSOR RASKIN.
ICH... ICH BIN BEUNRUHIGT, XUTL.

PROFESSOR RASKIN UND XUTL VERLASSEN DAS RAUMSCHIFF UND SCHWEBEN IM ANTIGRAVITATIONSSTRAHL AUF DEN BODEN.
WARUM MELDEN SICH NICK UND TOM NICHT? WO SIND SIE? DER PEILSENDER FUNKTIONIERT DOCH.
VIELLEICHT IST DAS NORMALE FUNKGERÄT AUSGEFALLEN. ABER DIE BEIDEN **MÜSSEN** UNSERE LANDUNG BEOBACHTET HABEN.
JA, SIE KÖNNEN SICH DOCH NICHT SO WEIT ENTFERNT HABEN OHNE FUNKKONTAKT ZU IHREM SENDER!
DORT IST DER LANDEPLATZ EINES DIESER „WELTRAUMEIER", VON DENEN ICH BERICHTETE.

OH! DIESER LANDEPLATZ LIEGT VIEL NÄHER. EIN „WELTRAUMEI" MUSS GELANDET SEIN, NACHDEM JANE LEE UND ICH GESTARTET SIND UND NICK UND TOM ZURÜCKGELASSEN HABEN.
SIE MEINEN ... NICK UND TOM WURDEN AN DIESER STELLE VON DEN FREMDEN WESEN ANGEGRIFFEN?
DIESE SPUREN LASSEN ES VERMUTEN. SIE SIND VERWISCHT UND HÖREN SEHR ABRUPT AUF.
ALS OB UNSERE FREUNDE NACH HEFTIGER GEGENWEHR IN DIE LUFT GEHOBEN WURDEN.
DAS ALLES KANN NICHT STIMMEN, XUTL. SEHEN SIE DOCH: DER PEILSENDER IST UNBESCHÄDIGT.
ER SENDET JA AUCH NOCH EINWANDFREI, WIE WIR FESTSTELLEN KONNTEN.

ANGREIFER AUS DER SPHINX HÄTTEN IHN SICHER .. MITGENOMMEN, ZERSTÖRT ODER ZUMINDEST TOTAL FALSCH EINGESTELLT.
HALT! BLEIBEN SIE STEHEN, PROFESSOR RASKIN!
WAS IST DENN, XUTL?
ETWAS WURDE AN DEM SENDER VERÄNDERT.
DIE TEILE RECHTS GEHÖREN NICHT DAZU.
WAS BEDEUTET DAS?
ICH FÜRCHTE, DIE FREMDEN WESEN AUS DER SPHINX HABEN EINE FALLE GESTELLT.
SIE MEINEN...?
HM... ES KANN KEINE PLUMPE FALLE SEIN, DIE AUF WÄRME, ERSCHÜTTERUNG ODER DRUCK REAGIERT. JEDES TIER WÜRDE SIE AUSLÖSEN.

DA SEHEN SIE! DIE RIESENRAUPE MARSCHIERT ÜBER DEN SENDER UND NICHTS GESCHIEHT.
ES WIRD ÜBERHAUPT NICHTS GESCHEHEN, XUTL. IHRE PHANTASIE GEHT MIT IHNEN DURCH.
VORSICHT HAT NOCH NIE GESCHADET.
DIE FALLE WIRD AUF EINE FREQUENZÄNDERUNG ODER AUF DEN KOMPLIZIERTEN ABSTELLKNOPF REAGIEREN. DAMIT IST SICHERGESTELLT, DASS SIE NUR VON EINEM INTELLIGENTEN WESEN AUSGELÖST WERDEN KANN.
ICH HOLE EINEN FERNGESTEUERTEN BEOBACHTUNGSROBOTER AUS DEM RAUMSCHIFF. FASSEN SIE DEN PEILSENDER UM HIMMELSWILLEN NICHT AN!
WENIG SPÄTER...
BLEIBEN SIE IN DECKUNG, PROFESSOR RASKIN.
ICH GLAUBE NOCH IMMER, DASS IHRE PHANTASIE ETWAS... ÜBERHITZT IST, XUTL.

WROOOMMMM!
ICH ÄNDERE DIE FREQU...
ALLMÄCHTIGER!
MEINEN SIE NOCH IMMER, ICH PHANTASIERE, PROFESSOR RASKIN?
DAS... DAS IST JA...
DANN... GIBT ES KEINE HOFFNUNG MEHR FÜR NICK UND TOM? SIE... SIND... TOT?

ICH VERMUTE, NICK UND TOM WURDEN IN DIE RAUMSCHIFF - SPHINX ENTFÜHRT, PROFESSOR RASKIN.
KOMMEN SIE! ICH HABE ZUM GLÜCK DEN PEILSENDER IM RAUMSCHIFF AUF DIE FREQUENZ DES ZERSTÖRTEN SENDERS HIER EINGESTELLT GELASSEN.
MIT UNSEREM ANTRIEB HOLEN WIR DIE SPHINX IN EIN PAAR STUNDEN EIN.
LASSEN SIE UNS ERST DOCH DIE WEITERE UMGEBUNG DES SENDERS MIT UNSERER FLUGSCHEIBE ABSUCHEN, XUTL. ICH HABE IMMER NOCH DIE SCHWACHE HOFFNUNG, DASS NICK UND TOM SICH NUR ZU WEIT ENTFERNT HABEN.
PROFESSOR RASKINS HOFFNUNG ERFÜLLT SICH NICHT. NACH INTENSIVER, VERGEBLICHER SUCHE IN DEM VON DEN FREUNDEN ERREICHBAREN AREAL FLIEGEN XUTL UND PROFESSOR RASKIN IN IHR RAUMSCHIFF ZURÜCK.
LEIDER SCHEINT IHRE THEORIE REALISTISCHER ZU SEIN ALS MEINE, XUTL.

HOFFENTLICH STIMMT MEINE THEORIE AUCH IN DEM PUNKT, DASS DIE SPHINX-RAUMFAHRER NICK UND TOM LEBEND ENTFÜHRT HABEN.
BESTIMMT, XUTL! SONST ERGÄBE DIE ENTFÜHRUNG KEINEN SINN.
DIE SPHINX-RAUMFAHRER WOLLEN MEHR ÜBER DIE FÜR SIE FREMDEN INTELLIGENTEN WESEN ERFAHREN.
ICH WILL GLAUBEN, DASS ES SICH SO VERHÄLT, PROFESSOR RASKIN.

DAS VERHALTEN DER FREMDEN WAR NICK UND MIR VÖLLIG UNVERSTÄNDLICH.
JA, IHR BERICHT SCHILDERT DAS SEHR ANSCHAULICH.
DIE REAKTIONEN DER FREMDEN WAREN NICHT... MENSCHLICH.
JE LÄNGER ICH DARÜBER NACHDENKE, DESTO BESSER BEURTEILE ICH DIE CHANCEN FÜR NICK UND TOM.
WIE?
ÜBERLEGEN SIE, XUTL! ES IST DOCH OFFENSICHTLICH, DASS DIE FREMDEN DEN PITHECANTHROPUS ALS „VERSUCHSKANINCHEN" AUF EINEN NEU ENTDECKTEN PLANETEN SCHICKEN.
WÄRE ES NICHT WAHRSCHEINLICH, DASS SIE IN NICK UND TOM „VERSUCHSKANINCHEN" VON WEIT HÖHERER INTELLIGENZ SEHEN?
OH! DAS WÜRDE NICK UND TOM WIRKLICH EINE CHANCE GEBEN. IMMERHIN TESTEN DIE SPHINX-RAUMFAHRER DIE PLANETEN ERST MIT ROBOTERN, BEVOR SIE EIN LEBEWESEN AUSSETZEN.

MIT UNGEHEURER GESCHWINDIGKEIT RAST DAS RAUMSCHIFF, VON DEM PEILSTRAHL GELEITET, DURCH DAS ALL. EINIGE STUNDEN SPÄTER...
GROSSE GALAXIS! WAS FÜR EIN PHÄNOMEN!
JETZT MÜSSEN SIE UNS ENDLICH GLAUBEN, DASS DIE SPHINX REAL IST UND NICK UND ICH KEINEN RAUMKOLLER HATTEN.
UNSER ENERGIESCHIRM IST EINGESCHALTET; ICH HABE UNSERE GESCHWINDIGKEIT DER DER SPHINX ANGEPASST, PROFESSOR RASKIN.

ES IST NICHT ZU FASSEN !
JETZT SIND **SIE** GEFORDERT, PROFESSOR ! NICK UND MIR IST ES WEDER GELUNGEN, KONTAKT AUFZUNEHMEN, NOCH IN DIE WELTRAUM-SPHINX EINZUDRINGEN.
OH ! SIE BESCHIESSEN UNS MIT ENERGIESTRAHLEN ! DER GLEICHE EMPFANG, DEN SIE NICK UND MIR BEREITET HABEN.
IHRE STRAHLEN SIND NICHT STARK GENUG, UM UNSEREN ENERGIESCHIRM ZU GEFÄHRDEN. DEN ENERGIESCHIRM DER SPHINX KÖNNTEN WIR DAGEGEN BEI VOLLER LEISTUNG UNSERES VERNICHTUNGSSTRAHLS ZUSAMMENBRECHEN LASSEN. ABER DAS WÜRDE DIE SPHINX ZERSTÖREN.
SIE UND NICK HABEN RICHTIG GEHANDELT. DIESES UNGLAUBLICHE GEBILDE DARF NICHT VERNICHTET WERDEN.

WAS FÜR EINE ENTDECKUNG!
LEIDER ÜBERSCHATTET DIE SORGE UM NICK UND TOM DIE ENTDECKERFREUDE.
ALS ERSTES MÜSSEN WIR UNS GEWISSHEIT VERSCHAFFEN, OB NICK UND TOM SICH TATSÄCHLICH IM INNERN DIESER WELTRAUM-SPHINX BEFINDEN.
HELFEN SIE MIR, DIESE APPARATUREN AN UNSER ENERGIENETZ ANZUSCHLIESSEN, XUTL!
OH!
WENIG SPÄTER...
DIESE VORRICHTUNG ERINNERT AN EINE FERNSTEUERUNG FÜR EINEN ROBOTER. NUR SCHEINT SIE MIR VIEL KOMPLIZIERTER.
SIE IRREN SICH NICHT, XUTL. SIE IST MIT DER TECHNIK VERWANDT, DIE UNSER STERNENSCHIFF VARIABEL DIMENSIONIERTE.

BEI ALLEN STERNENNEBELN! ABER ICH DACHTE... SIE HÄTTEN AUS SICHERHEITSGRÜNDEN ALLE GERÄTE UND UNTERLAGEN DARÜBER VERNICHTET.
OFFIZIELL STIMMT DAS AUCH.
SIE... FUCHS!
DIESES GERÄT – DAS EINZIGE ÜBRIGENS – HABE ICH AUS VORSICHT NEU PROGRAMMIERT: ES FUNKTIONIERT NUR AUFGRUND MEINER PHYSISCHEN UND PSYCHISCHEN STRUKTUR.
BEI JEDEM ANDEREN, DER ES BENUTZEN WOLLTE, WÜRDE ES SICH SOFORT SELBST ZERSTÖREN.
ICH AKTIVIERE JETZT DAS GERÄT.
ICH JUSTIERE DAS OPTISCHE UND AKUSTISCHE SYSTEM. DAS BILD AUF DEM SCHIRM BLEIBT KONSTANT BEI JEDER BELIEBIGEN GRÖSSE DES BEOBACHTUNGSROBOTERS.
PHANTASTISCH! ES IST WIE DAMALS! DER ROBOTER SCHRUMPFT. ER WIRD KLEINER... KLEINER... KLEINER...
ICH DIMENSIONIERE IHN SO, DASS ER DURCH DIE STRAHLEN DES ENERGIESCHIRMS „HINDURCHSCHLÜPFEN" KANN.

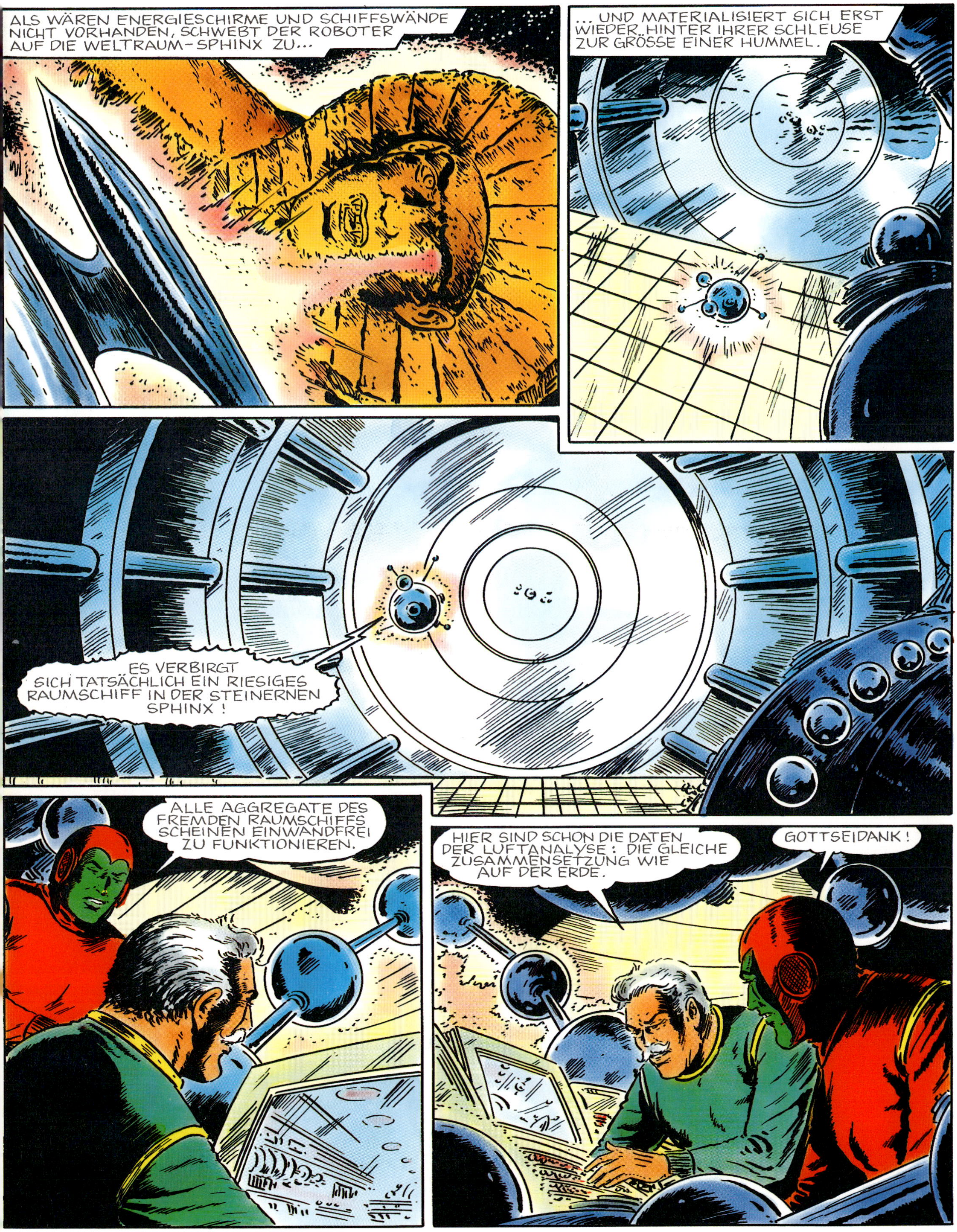
ALS WÄREN ENERGIESCHIRME UND SCHIFFSWÄNDE NICHT VORHANDEN, SCHWEBT DER ROBOTER AUF DIE WELTRAUM-SPHINX ZU...
... UND MATERIALISIERT SICH ERST WIEDER HINTER IHRER SCHLEUSE ZUR GRÖSSE EINER HUMMEL.
ES VERBIRGT SICH TATSÄCHLICH EIN RIESIGES RAUMSCHIFF IN DER STEINERNEN SPHINX!
ALLE AGGREGATE DES FREMDEN RAUMSCHIFFS SCHEINEN EINWANDFREI ZU FUNKTIONIEREN.
HIER SIND SCHON DIE DATEN DER LUFTANALYSE: DIE GLEICHE ZUSAMMENSETZUNG WIE AUF DER ERDE.
GOTTSEIDANK!

ABER... KEIN MENSCH... UND KEIN LEBENDES WESEN WEIT UND BREIT. NUR ROBOTER VERRICHTEN IRGENDEINE UNS NOCH UNVERSTÄNDLICHE TÄTIGKEIT.
BZZZZBZZ...
BZZZ... ZZZ... BZZZ...
OH! WIR HABEN ZUFÄLLIG DEN COMPUTER EINES DER ROBOTER ANGEZAPFT.
KÖNNEN SIE ETWAS VERSTEHEN, PROFESSOR?
BZBZZZZZ... ZZZZ...
DER ROBOTER... „SPRICHT" IN EINEM ALTGRIECHISCHEN IDIOM!!!
WAS?
BZZ... BZZZ... ZZZ... ZZZZ... Z...
DAS... DAS IST DOCH NICHT MÖGLICH?!
WAS IST, PROFESSOR?
STILL, XUTL! ICH MUSS MICH AUF DIE BRUCHSTÜCKE DIESER ALTEN SPRACHE KONZENTRIEREN, DIE MIR NOCH AUS DER SCHULZEIT IM GEDÄCHTNIS HAFTEN GEBLIEBEN SIND.

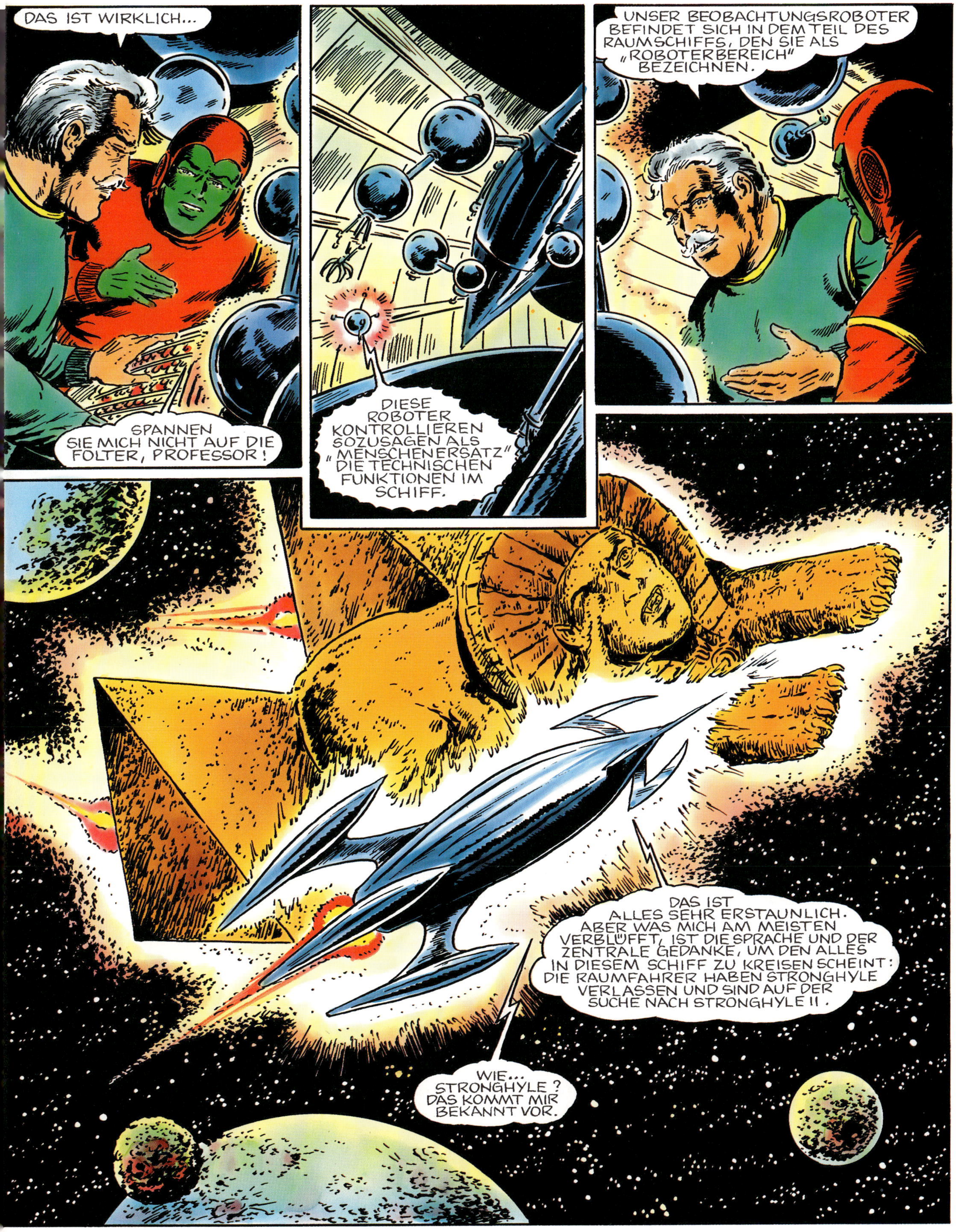
DAS IST WIRKLICH...
SPANNEN SIE MICH NICHT AUF DIE FOLTER, PROFESSOR!
DIESE ROBOTER KONTROLLIEREN SOZUSAGEN ALS „MENSCHENERSATZ" DIE TECHNISCHEN FUNKTIONEN IM SCHIFF.
UNSER BEOBACHTUNGSROBOTER BEFINDET SICH IN DEM TEIL DES RAUMSCHIFFS, DEN SIE ALS „ROBOTERBEREICH" BEZEICHNEN.
DAS IST ALLES SEHR ERSTAUNLICH. ABER WAS MICH AM MEISTEN VERBLÜFFT, IST DIE SPRACHE UND DER ZENTRALE GEDANKE, UM DEN ALLES IN DIESEM SCHIFF ZU KREISEN SCHEINT: DIE RAUMFAHRER HABEN STRONGHYLE VERLASSEN UND SIND AUF DER SUCHE NACH STRONGHYLE !!.
WIE... STRONGHYLE ? DAS KOMMT MIR BEKANNT VOR.

STRONGHYLE WAR DER URSPRÜNGLICHE NAME DER GRIECHISCHEN INSEL SANTORIN.
SANTORIN! JETZT KLINGELT ES BEI MIR: ATLANTIS!
VON DEM ROBOTER HABE ICH ERFAHREN, DASS ES IN DER ZENTRALE EINE DOKUMENTATION ÜBER DIESES UNGLAUBLICHE RAUMFAHRTUNTERNEHMEN GIBT. DIE DOKUMENTATION IST FÜR JEDEN VERSTÄNDLICH: NACH EINER SPRACHANALYSE WIRD SIE ÜBERSETZT.
STELLEN SIE SICH VOR, XUTL: DIE LETZTEN BEWOHNER VON ATLANTIS MÜSSEN MIT DIESEM ALS SPHINX GETARNTEN RAUMSCHIFF INS ALL AUFGEBROCHEN SEIN.
UND SIE SIND SEIT DAMALS AUF EINER IRRFAHRT NACH DER SUCHE VON STRONGHYLE II, EINEM ZWEITEN ATLANTIS. RECHNEN SIE AUS, WIEVIELE GENERATIONEN... WIR MÜSSEN SOFORT...
...NACH NICK UND TOM SUCHEN, PROFESSOR. VERGESSEN SIE DAS NICHT!
NATÜRLICH NICHT, XUTL. ABER JETZT HABE ICH KEINE ANGST MEHR UM DIE BEIDEN, DENN SIE SIND IN DER OBHUT VON HOCHKULTIVIERTEN MENSCHEN.

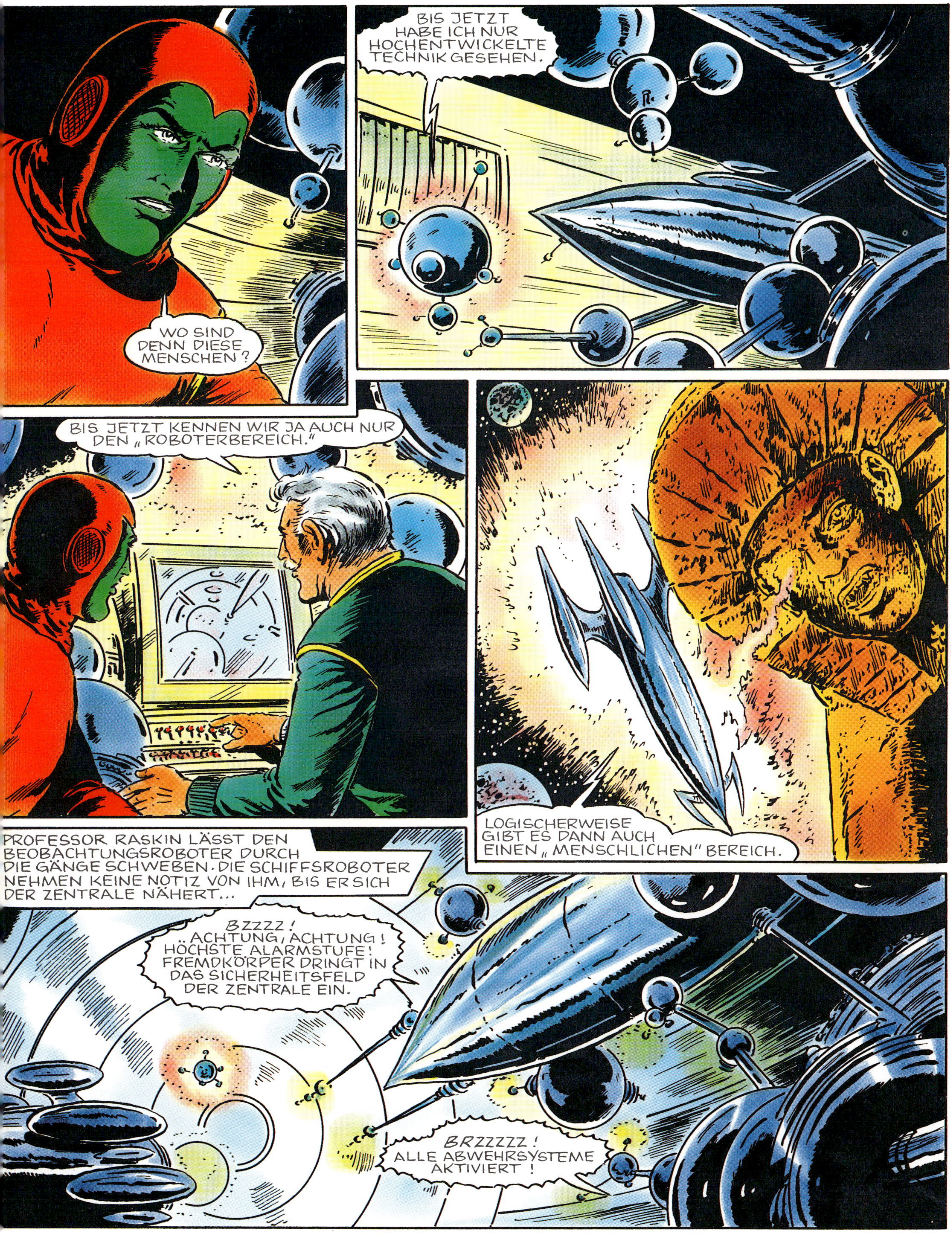
WO SIND DENN DIESE MENSCHEN?
BIS JETZT HABE ICH NUR HOCHENTWICKELTE TECHNIK GESEHEN.
BIS JETZT KENNEN WIR JA AUCH NUR DEN „ROBOTERBEREICH."
LOGISCHERWEISE GIBT ES DANN AUCH EINEN „MENSCHLICHEN" BEREICH.
PROFESSOR RASKIN LÄSST DEN BEOBACHTUNGSROBOTER DURCH DIE GÄNGE SCHWEBEN. DIE SCHIFFSROBOTER NEHMEN KEINE NOTIZ VON IHM, BIS ER SICH DER ZENTRALE NÄHERT...
BZZZZ! ..ACHTUNG, ACHTUNG! HÖCHSTE ALARMSTUFE! FREMDKÖRPER DRINGT IN DAS SICHERHEITSFELD DER ZENTRALE EIN.
BRZZZZZ! ALLE ABWEHRSYSTEME AKTIVIERT!

ZUR SELBEN ZEIT IM „MENSCHLICHEN" BEREICH DES SPHINX-RAUMSCHIFFS. DIE „LEBENSSTRAHLEN" HABEN NICK UND TOM WEITER IN DER EVOLUTION ZURÜCKGEWORFEN. KEIN INTELLEKTUELLER GEDANKE FORMT SICH MEHR IN IHREN GEHIRNEN. NUR INSTINKTIVE WUT UND ANGST BEHERRSCHEN SIE.
ORG!
GRRRR! FEIGLINGE! DU BESIEGT! WIR FREUNDE!
GRAUR!
NEIN, FREMDE IMMER FEINDE!

FEINDE ! TÖTEN... TÖTEN !
JA. TÖTEN !
GROAAUUUR !
GOTT MIT VIELEN ZÄHNEN !
UUURG !
FREMDE NICHT TOTSCHLAGEN ! OPFER FÜR GOTT MIT VIELEN ZÄHNEN.
JA, JA GUT ! OPFER. GRRRR !

VERGEBLICH WEHREN SICH DIE FREUNDE. DIE AFFENMENSCHEN SCHLEPPEN SIE DURCH DEN DSCHUNGEL UND FESSELN SIE MIT LIANEN AN EINE FREMDARTIGE TECHNISCHE APPARATUR.
GROARR!
GROUR!
GNAOGR!
GRRURR!
GROA! WARTEN! GOTT MIT VIELEN ZÄHNEN KOMMT IMMER HIERHER... WENN HUNGER... GROSSES GEHEIMNIS.
GROAR! SCHNELL WEG!

IN DUMPFER VERZWEIFLUNG ZERREN NICK UND TOM AN IHREN FESSELN.
GRAAORR!
UUGRR!
GRAURR! FESSELN ZU STARK! GRRR!
WIR... BALD... TOT... GRRR...
GRROUUARR!

ZIELSTREBIG STAMPFT DER RAUBSAURIER AUF DIE SELTSAME KONSTRUKTION ZU. GELÄHMT VOR ANGST STARREN DIE FREUNDE IHN AN. SIE MERKEN NICHT, WIE SENSOREN DIE ANNÄHERUNG DES SAURIERS REGISTRIEREN UND DAS GESTÄNGE ZU VIBRIEREN BEGINNT...
GROURRRR!
AH!
GRRRR!
GIERIG REISST DER RAUBSAURIER SEIN MAUL AUF. DEN FREUNDEN STOCKT DER ATEM.
SIND SIE VERLOREN?
WAS BEWIRKT DIE FREMDARTIGE KONSTRUKTION, AN DIE SIE GEFESSELT SIND?
WAS GESCHIEHT MIT DEM ROBOTER, DEN PROFESSOR RASKIN UND XUTL AUF DIE SUCHE NACH NICK UND TOM GESCHICKT HABEN?
DAS NÄCHSTE ABENTEUER HEISST:
PROJEKT B-13